I0556921

حكاية الأخوين

نور الدين وشمس الدين

القصة الحادية عشر

من قصص ألف ليلة وليلة

جمع وتحرير: رأفت علام

مكتبة المشرق الإلكترونية

صدر في فبراير ٢٠١٩ عن مكتبة المشرق الإلكترونية – مصر

تحديث أغسطس ٢٠٢٣

Table of Contents

1

كان يا مكان، في قديم الزمان، في مصر سلطان صاحب عدل وإحسان، له وزير عاقل خبير، له علم بالأمور والتدبير، وكان شيخًا كبيرًا، وله ولدان كأنهما قمران، وكان الولد الكبير شمس الدين والصغير نور الدين.. وكان الصغير أميز من الكبير في الحُسن والجمال، وليس في زمانه أحسن منه، حتى أنه شاع ذكره في البلاد؛ فكان بعض أهلها يسافر من بلاده إلى بلده لأجل رؤية جماله؛ فاتفق أن والدهما مات؛ فحزن عليه السلطان وأقبل على الولدين، وخلع عليهما، وقال لهما:

- أنا في مرتبة أبيكما.

ففرحا، وقبَّلا الأرض بين يديه، وعملا العزاء لأبيهما شهرًا كاملًا ودخلا في الوزارة، وكل منهما يتولاها أسبوعًا.. وإذا أراد السلطان السفر، يسافر مع واحد منهما؛ فاتفق في ليلة من الليالي أن السلطان كان عازمًا على السفر في الصباح، وكانت النوبة للكبير. فبينما الأخوان يتحدثان في هذه الليلة؛ إذ قال الكبير:

- يا أخي، أريد أن أتزوج أنا وأنت في ليلة واحدة.

فقال الصغير:

- افعل يا أخي ما تريد؛ فإني موافقك على ما تقول.

واتفقا على ذلك، ثم إن الكبير قال لأخيه:

- إن قدر الله، وخطبنا بنتين، ودخلنا في ليلة واحدة، ووضعنا في يوم واحد، وأراد الله وجاءت زوجتك بغلام، وجاءت زوجتي ببنت، نزوجهما لبعضهما؛ لأنهما أولاد عم.

قال نور الدين:

- يا أخي، ماذا تأخذ من ولدي مهرًا لابنتك؟

قال:

- آخذ من ولدك في مهر ابنتي ثلاثة آلاف دينار، وثلاثة بساتين، وثلاث ضياع، فإن عقد الشاب عقده بغير هذا فلا يصح.

فلمَّا سمع نور الدين هذا الكلام قال:

- ما هذا المهر الذي اشترطته على ولدي؟ أما تعلم أننا أخوان، ونحن الاثنان وزيران في مقام واحد، وكان الواجب عليك أن تقدم ابنتك لولدي هدية من غير مهر؛ فإنك تعلم أن الذكر أفضل من الأنثى، وولدي ذكر، ويذكر به، وخلاف ابنتك.

فقال:

- وما لها؟

قال:

- لا ذكر بها بين الأمراء، ولكنك تريد أن تفعل معي على رأي الذي قال إن أردت أن تطرده فأجمل الثمن غاليًا.. وقيل إن بعض الناس قدم على بعض أصحابه فقصده في حاجة فغلى عليه الثمن.

فقال له شمس الدين:

- أراك قد قصرت؛ لأنك تعامل ابنك أفضل من بنتي، ولا شك أنك ناقص عقل، وليس لك أخلاق؛ حيث تذكر شراكة الوزارة، وأنا ما أدخلتك معي فيها إلا شفقة عليك، ولأجل أن تساعدني، وتكون لي معينًا.. ولكن، قل ما شئت، وحيث صدر منك هذا القول واللهِ لا أزوج بنتي لولدك ولو وزنت ثقلها ذهبًا.

فلما سمع نور الدين كلام أخيه اغتاظ، وقال:

- وأنا لا أزوج ابني ابنتك.

فقال شمس الدين:

- أنا لا أرضاه لها بعلًا، ولو أنني أريد السفر لكنتُ عملت معك العِبر، ولكن لمَّا أرجع من السفر يعمل الله ما يريد.

فلمَّا سمع نور الدين من أخيه هذا الكلام امتلأ غيظًا، وغاب عن الدنيا، وكتم ما به، وبات كل واحد منهما في ناحية. فلمَّا أصبح الصباح، برر السلطان للسفر وعدي إلى الجزيرة، وقصد الأهرام، وصحبه الوزير شمس الدين، أمَّا أخوه نور الدين فبات، في هذه الليلة، في أشد ما يكون من الغيظ؛ فلمَّا أصبح الصباح قام، وصلى الصبح، وعمد إلى خزانته، وأخذ منها خَرجًا صغيرًا، وملأه ذهبًا، وتذكر قول أخيه، واحتقاره إياه، وافتخاره؛ فأنشد هذه الأبيات:

سافر تجد عوضا عمن تفارقه وانصب فإن لذيذ العيش في النصب

ما في المقام لذي لب وذي أدب معزة فاترك الأوطان واغترب

إني رأيت وقوف الماء يفسده فإن جرى طاب أو لم يجر لم يطب

والبدر أفول منه ما نظرت إليه في كل حين عين مرتقب

والأسد لولا فراق الغاب ما قنصت والسهم لولا فراق القوس لم يصب

والتبر كالتراب ملقى في أماكنه والعود في أرضه نوع من الحطب

فإن تغرب هذا عز مطلبه وإن أقام فلا يعلو إلى رتب

فلمَّا فرغ من شعره أمر بعض غلمانه أن يشد له بغلة زرزورية غالية، سريعة المشي؛ فشدها ووضع عليها سرجًا مذهبًا بركابات هندية، وعباءات من القطيفة الأصفهانية؛ فصارت كأنها عروس مجلية، وأمر بأن يجعل عليها بساطًا من الحرير، وسَجادة، وأن يوضع الخَرج من تحت السجادة، ثم قال للغلام والعبيد:

- قصدي أن أتفرج خارج المدينة، وأروح نواحي القليوبية، وأبيت ثلاث ليالٍ؛ فلا يتبعني منكم أحد؛ فإن عندي ضيق صدر.

ثم أسرع وركب البغلة، وأخذ معه شيئًا قليلًا من الزاد، وخرج من مصر، واستقبل البر؛ فما جاء عليه الظهر حتى دخل مدينة فلبيس، فنزل عن بغلته، واستراح، وأراح البغلة، وأكل شيئًا، وأخذ من فلبيس ما يحتاج إليه، وما يعلق به على بغلته، ثم استقبل البر؛ فما جاء عليه الظهر بعد يومين حتى دخل مدينة القدس فنزل عن بغلته، واستراح، وأراح بغلته، وأخرج شيئًا أكله، ثم وضع الخَرج تحت رأسه، وفرش البساط، ونام في مكان، والغيظ غالب عليه، ثم إنه بات في هذا المكان. فلمَّا أصبح الصباح، ركب وصار يسوق البغلة إلى أن وصل لمدينة حلب، فنزل في بعض الخانات، وأقام ثلاثة أيام حتى استراح، وأراح البغلة، وشم الهواء، ثم عزم على

السفر، وركب بغلته، وخرج مسافرًا وهو لا يدري لأين يذهب، ولم يزل سائرًا إلى أن وصل لمدينة البصرة ليلًا، ولم يشعر بذلك حتى نزل في الخان، وأنزل الخَرج عن البغلة، وفرش السجادة، وأودع البغلة بعُدتها عند البواب، وأمره بأن يُسيرها، فأخذها وسيرها؛ فاتفق أن وزير البصرة كان جالسًا في شُباك قصره، فنظر إلى البغلة، ونظر ما عليها من العدة المثمنة؛ فظنها بغلة وزير من الوزراء أو ملك من الملوك، فتأمل في ذلك، وحار عقله، وقال لأحد غلمانه:

- آتني بهذا البواب.

فذهب الغلام إلى الوزير فتقدم البواب، وقبَّل الأرض بين يديه، وكان الوزير شيخًا كبيرًا؛ فقال للبواب:

- من صاحب هذه البغلة؟ وما صفاته؟

فقال البواب:

- يا سيدي، إن صاحب هذه البغلة شاب صغير، ظريف الشمائل، من أولاد التجار، عليه هيبة ووقار.

فلمَّا سمع الوزير كلام البواب قام على قدميه، وركب، وسار إلى الخان، ودخل على الشاب؛ فلما رأى نور الدين الوزير قادمًا عليه قام، ولاقاه، واحتضنه، ونزل الوزير من فوق جواده، وسلم عليه؛ فرحب به وأجلسه عنده، وقال له:

- يا ولدي، من أين أقبلت؟ وماذا تريد؟

فقال نور الدين:

- يا مولاي، إني قدِمتُ من مصر، وكان أبي وزيرًا فيها، وقد انتقل إلى رحمة الله.

وأخبره بما جرى من المبتدأ إلى المُنتهى، ثم قال:

- وعزمت على نفسي ألا أعود أبدًا حتى أنظر جميع المدن والبلدان.

فلمَّا سمع الوزير كلامه قال له:

- يا ولدي، لا تُطِع النفس فترمِكَ في الهلاك؛ فإن البلدان خراب، وأنا أخاف عليك من عواقب الزمان.

ثم أمر بوضع الخَرج عن البغلة، والبساط، والسجادة، وأخذ نور الدين معه إلى بيته، وأنزله في مكان ظريف، وأكرمه، وأحسن إليه، وأحبه حبًّا شديدًا، وقال له:

- يا ولدي، أنا أصبحتُ رجلًا كبيرًا، ولم يكن لي ولد ذكر، وقد رزقني الله بنتًا تقاربك في الحُسن، ومنعت عنها خُطابًا كثيرين، وقد وقع حبك في قلبي؛ فهل لك أن تأخذ ابنتي جارية لخدمتك وتكون لها بعلًا؟ فإن كنت تقبل ذلك أطلع إلى سلطان البصرة، وأقول له إنه ولد أخي وأوصلك إليه؛ حتى أجعلك وزيرًا مكاني، وألزم أنا بيتي فقد صرتُ رجلًا كبيرًا.

فلمَّا سمع نور الدين كلام وزير البصرة أطرق برأسه، ثم قال:

- سمعًا وطاعةً.

ففرح الوزير بذلك، وأمر غلمانه بأن يُجهزوا له طعامًا، وأن يزينوا قاعة الجلوس الكبرى المُعدة لحضور أكابر الأمراء، ثم جمع أصحابه، ودعا أكابر الدولة، وتجار البصرة فحضروا بين يديه، وقال لهم:

- كان لي أخ وزير بالديار المصرية، ورزقه الله ولديْنِ، وأنا كما تعلمون رزقني الله بنتًا، وكان أخي قد أوصاني بأن أزوّج بنتي لأحد أولاده فأجبته إلى ذلك؛ فلما استحقت الزواج أرسل إليَّ أحد أولاده، وهو هذا الشاب الحاضر؛ فلمَّا جاءني أحببت أن أكتب كتابه على بنتي، ويدخل بها عندي.

فقالوا:

- نعم ما قلتَ.

ثم شربوا السكر، ورشوا ماء الورد، وانصرفوا.. أمَّا الوزير فقد أمر غلمانه بأن يأخذوا نور الدين، ويدخلوا به الحمام، وأعطاه الوزير بدلة من خاص ملبوسه، وأرسل إليه الفوط، والطاسات، ومجامر البخور، وما يحتاج إليه؛ فلمَّا خرج من الحمام لبس البدلة فصار كالبدر ليلة تمامه، ثم ركب بغلته، ودخل على الوزير فقبَّل يده، ورحب الوزير وقال له:

- قم وادخل هذه الليلة على زوجتك، وفي غدٍ أطلع بك إلى السلطان، وأرجو لك من الله كل خير.

فقام نور الدين، ودخل على زوجته بنت الوزير؛ هذا ما كان من أمر نور الدين.

***

2

أمَّا ما كان من أمر أخيه؛ فإنه غاب مع السلطان مدةً في السفر، ثم رجع فلم يجد أخاه؛ فسأل عنه الخدم فقالوا له:

- من يوم أن سافرت مع السلطان ركب بغلته بعدة الموكب، وقال: أنا متوجه إلى جهة القليوبية فأغيب يومًا أو يومين؛ فإن صدري ضاق، ولا يتبعني منكم أحد. ومن يوم خروجه إلى هذا اليوم لم نسمع له خبرًا.

فتشوش خاطر شمس الدين على فراق أخيه، واغتم غمًّا شديدًا لفقده، وقال في نفسه:

- ما سبب ذلك إلا أني أغلظت عليه في الحديث ليلة سفري مع السلطان؛ فلعله تغير خاطره، وخرج مسافرًا، فلا بد أن أرسل خلفه.

ثم طلع، وأعلم السلطان بذلك؛ فكتب بطاقات، وأرسل بها إلى نوابه في جميع البلاد، ونور الدين قطع بلادًا بعيدة في فترة غياب أخيه مع السلطان؛ فذهب الرسل بالمكاتيب، ثم عادوا، ولم يقفوا له على خبر، ويئس شمس الدين من أخيه، وقال:

- لقد أغظته بكلامي من جهة زواج الأولاد، فليت ذلك لم يكن، وما حصل ذلك إلا من قلة عقلي وعدم تدبيري.

ثم بعد مدة يسيرة خطب بنت رجل من تجار مصر، وكتب كتابه عليها، ودخل بها، وقد اتفق أن ليلة دخول شمس الدين على زوجته كانت ليلة دخول نور الدين على زوجته بنت وزير البصرة، وذلك بإرادة الله تعالى حتى ينفذ حكمه في خلقه، وكان الأمر كما قالاه؛ فاتفق أن الزوجتين حملتا منهما، وقد وضعت زوجة شمس الدين وزير مصر بنتًا لا يُرى في مصر أحسن منها، ووضعت زوجة نور الدين ولدًا ذكرًا لا يُرى في زمانه أحسن منه، كما قال الشاعر:

ومهفهف يغني النديم بريقه   عن كأسه الملأى وعن إبريقه
فعل المدام ولونها ومذاقها   من مقلتيه ووجنتيه وريقه

فسموه حسنًا، وفي سابع ولادته أعدوا الولائم، وعملوا أسمطة لا تصلح إلا لأولاد الملوك، ثم إن وزير البصرة أخذ معه نور الدين، وطلع به إلى السلطان؛ فلمَّا صار قُدامه قبَّل الأرض بين يديه، وكان نور الدين فصيح اللسان، ثابت الجنان، صاحب حسن وإحسان؛ فأنشد قول الشاعر:

هذا الذي عم الأنام بعدله   وسطا فمهد سائر الآفاق

أشكر صنائعه فلسن صنائعا　　　لكنهن قلائد الأعناق
وأنتم أنامله فلسن أناملا　　　لكنهن مفاتح الأرزاق

فألزمها السلطان، وشكر نور الدين على ما قال، وقال لوزيره:

- من هذا الشاب؟

فحكى له الوزير قصته من أولها إلى آخرها، وقال له:

- هذا ابن أخي.

فقال:

- وكيف يكون ابن أخيك ولم نسمع به؟

فقال:

- يا مولانا السلطان، إنه كان لي أخ وزير بالديار المصرية، وقد مات وخلف ولدين؛ الكبير جلس في مرتبة والده وزيرًا، وهذا الصغير جاء عندي وحلف أني لا أزوِّج ابنتي إلا له؛ فلما جاء زوَّجته بها، وهو شاب، وأنا صرت شيخًا كبيرًا، وقلَّ سَمعي، وعجز تدبيري، والقصد من مولانا السلطان أن يجعله في مرتبتي؛ فإنه ابن أخي، وزوج ابنتي، وهو أهل للوزارة؛ لأنه صاحب رأي وتدبير.

نظر السلطان إليه فأعجبه، واستحسن رأي الوزير بما أشار عليه من تقديمه في رتبة الوزراء فأنعم عليه بها، وأمر له بخلعة عظيمة، وزاد له الجوامك والجرايات، إلى أن اتسع عليه الحال، وسار له مراكب تسافر من تحت يده بالمتاجر وغيرها، وعمر أملاكًا كثيرة، ودواليب، وبساتين، إلى أن بلغ عمر ولده حسن أربع سنين، فتوفي الوزير الكبير والد زوجة نور الدين، فأخرجه خرجة عظيمة، وأوراه في التراب، ثم اشتغل بعد ذلك بتربية ولده؛ فلما بلغ أشده أحضر له فقيهًا يُقرئه في بيته، وأوصاه بتعليمه وحُسن تربيته؛ فأقرأه، وعلَّمه فوائد في العلم بعد أن حفظ القرآن في عدة سنوات، وما زال حسن يزداد جمالًا، وحُسنًا، واعتدالًا؛ كما قال الشاعر:

قمر تكامل في المحاسن وانتهى　　　فالشمس تشرق من شقائق خده
ملك الجمال بأسره فكأنما　　　حُسن البرية كلها من عنده

وقد رباه الفقيه في قصر أبيه، ومن حين نشأته لم يخرج من قصر الوزارة، إلى أن أخذه والده الوزير نور الدين يومًا من الأيام، وألبسه بدلة من أفخر ملبوسه، وأركبه بغلة من خيار بغاله، وطلع به إلى السلطان، ودخل به عليه؛ فنظر الملك حسن بدر الدين ابن الوزير نور الدين فانبهر من حُسنه، وقال لأبيه:

- يا وزير، لا بد أنك تحضره معك في كل يوم.

فقال:

- سمعًا وطاعةً.

ثم عاد الوزير بولده إلى منزله، وما زال يطلع به إلى حضرة السلطان في كل يوم إلى أن بلغ الولد من العمر خمسة عشر عامًا، ثم ضعف والده الوزير نور الدين؛ فأحضره، وقال له:

- يا ولدي، اعلم أن الدنيا دار فناء، والآخرة دار بقاء، وأريد أن أوصيك وصايا فافهم ما أقول لك، وأصغِ قلبك له.

وصار يوصيه بحُسن عِشرة الناس، وحُسن التدبير.. ثم إن نور الدين تذكر أخاه، ووطنه، وبلاده، وبكى على فرقة الأحباب، وسجت دموعه، وقال:

- يا ولدي، اسمع قولي؛ فإن لي أخًا يُسمَّى شمس الدين، وهو عمك، لكنه وزير بمصر، قد فارقته، وخرجت على غير رضاه، والقصد أنك تأخذ زوجًا من الورق، وتكتب ما أمليه عليك.

فأحضر قرطاسًا، وأخذ يكتب فيه كل ما قاله أبوه؛ فأملى عليه كل ما جرى له من أوله إلى آخره، وكتب له تاريخ زواجه، ودخوله على بنت الوزير، وتاريخ وصوله إلى البصرة، واجتماعه بوزيرها.. وكتب وصية موثقة، ثم قال لولده:

- احفظ هذه الوصية فإن ورقتها فيها؛ أصلك، وحسبك، ونسبك؛ فإن أصابك شيء من الأمور فاقصد مصر، واستدل على عمك، وسلم عليه، وأخبره بأني مت غريبًا مشتاقًا إليه.

أخذ حسن الرقعة وطواها، ولف عليها خرقة مشمعة، وخاطها بين البطانة والظهارة، وشرع يبكي على أبيه لفراقه وهو صغير، وما زال نور الدين يوصي ولده حسنًا حتى طلعت روحه؛ فأقام الحزن في بيته، وحزن عليه السلطان وجميع الأمراء، ودفنوه، ولم يزالوا في حزن مدة شهرين، وولده لم يركب، ولم يطلع الديوان، ولم يقابل السلطان، وأقام مكانه بعض الحُجاب، وولى السلطان وزيرًا مكانه، وأمره بأن يختم على أماكن نور الدين، وعلى عماراته وأملاكه؛ فنزل الوزير الجديد، وأخذ الحُجاب، وتوجهوا إلى بيت الوزير نور الدين يختمون عليه ويقبضون على ولده حسن، ويطلعون به إلى السلطان؛ ليعمل فيه ما يقتضي رأيه.. وكان بين العسكر مملوك من مماليك الوزير نور الدين المتوفى، لم يهُن عليه ولد سيده؛ فذهب إلى حسن فوجده مُنكس الرأس حزين القلب على فراق والده؛ فأعلمه بما جرى، فقال له:

- هل في الأمر مهلة حتى أدخل فآخذ معي شيئًا من الدنيا؛ لأستعين به على الغربة؟
فقال له المملوك:
- انج بنفسك.
فلمَّا سمع كلام المملوك غطى رأسه بذيله، وخرج ماشيًا إلى أن صار خارج المدينة، فسمع الناس يقولون إن السلطان أرسل الوزير الجديد إلى بيت الوزير المتوفَّى ليختم على ماله وأملاكه، ويقبض على ولده حسن، ويطلع به إليه فيقتله، وصارت الناس تتحسر على حُسنه وجماله؛ فلمَّا سمع كلام الناس خرج إلى غير مقصد، ولم يعلم لأين يذهب.. فلم يزل سائرًا إلى أن ساقته المقادير إلى تُربة والده فدخل المقبرة، ومشى بين شواهد القبور إلى أن جلس عند قبر أبيه، وأزال ذيله من فوق رأسه.. فبينما هو جالس قدم عليه يهودي من البصرة، وقال له:
- يا سيدي، ما لي أراكَ متغيرًا؟
فقال له:
- إني كنت نائمًا في هذه الساعة؛ فرأيت أبي يُعاتبني على عدم زيارتي قبره فقمت وأنا مرعوب، وخفت أن يفوت النهار ولم أزره، فيصعب عليَّ الأمر.
فقال له اليهودي:
- يا سيدي، إن أباكَ كان قد أرسل مراكب تجارة وقدم بعض منها، ومُرادي أن أشتري منك وثيقة كل مركب قدمت بألف دينار.
ثم أخرج اليهودي كيسًا ممتلئًا من الذهب، وعد منه ألف دينار، ودفعه إلى حسن ابن الوزير، ثم قال اليهودي :
- اكتب لي ورقة واختمها.
فأخذ حسن ورقة وكتب فيها:
"كاتب هذه الورقة حسن ابن الوزير نور الدين، قد باع اليهودي فلان جميع وثائق كل مركب وردت من مراكب أبيه بألف دينار، وقبض الثمن على سبيل التعجيل."
أخذ اليهودي الورقة، وأخذ حسن يبكي، ويتذكر ما كان فيه من العز والإقبال، ثم دخل عليه الليل، وأدركه النوم، فنام عند قبر أبيه، ولم يزل نائمًا حتى طلع القمر، فتدحرج رأسه عن القبر ونام على ظهره، وصار يلمع وجهه في ضي القمر، وكانت المقابر عامرة بالجن المؤمنين، فخرجت جنية فنظرت وجه حسن وهو نائم؛ فلمَّا رأته تعجبت من حُسنه وجماله، وقالت:
- سبحان الله! ما هذا الشاب إلا كأنه من الحور العين.

ثم طارت إلى الجو تطوف على عادتها فرأت عفريتا طائرًا، فسلمت عليه وسلم عليها، فقالت له:
- من أين أقبلت؟
قال:
- من مصر.
فقالت له:
- هل لك أن تذهب معي؛ حتى تنظر إلى حُسن هذا الشاب النائم في المقبرة؟
فقال لها:
- نعم..
فسارا حتى نزلا في المقبرة.
فقالت له:
- هل رأيت في عمرك مثل هذا؟
فنظر العفريت إليه، وقال:
- سبحان من لا شبيه له! ولكن يا أختي، إن أردتِ حدثتك بما رأيت؟
فقالت له:
- حدثني.
فقال لها:
- إني رأيت مثل هذا الشاب في إقليم مصر، وهي بنت الوزير، وقد علم بها الملك فخطبها من أبيها شمس الدين؛ فقال له:
- يا مولانا السلطان، اقبل عذري، وارحم عبرتي، فإنك تعرف أن أخي نور الدين خرج من عندنا ولا نعلم أين هو، وكان شريكي في الوزارة، وسبب خروجه أني جلست أتحدث معه في شأن الزواج، فغضب مني، وخرج مغاضبًا.
وحكى للملك كل ما جرى بينهما، ثم قال للملك:
- فكان ذلك سببًا لغيظه، وأنا حالف ألَّا أزوِّج بنتي إلا لابن أخي من يوم ولدتها أمها، وذلك نحو ثماني عشر سنة، ومن مدة قريبة سمعت أن أخي تزوج بنت وزير البصرة، وجاء منها بولد، وأنا لا أزوج بنتي إلا له كرامةً لأخي.. ثم إني أرَّخت وقت زواجي، وحمل زوجتي، وولدة هذه البنت، وهي باسم ابن عمها والبنات كثير. فلما سمع السلطان كلام الوزير غضب غضبًا شديدًا، وقال له:
- كيف يخطب مثلي من مثلك بنتًا فتمنعها منه وتحتج بحجة باردة؟! وحياة رأسي لا أزوجها إلا لأقل مني رغم أنفك!

وكان عند الملك سائس أحدب بحدبة من قُدام وحدبة من وراء، فأمر السلطان بإحضاره، وكتب كتابه على بنت الوزير بالنهار، وأمر أن يدخل عليها في هذه الليلة، ويعمل له زفافًا، وقد تركه وهو بين مماليك السلطان، وهم حوله في أيديهم الشموع موقدة، يضحكون، ويسخرون منه على باب الحمام.. وأمَّا بنت الوزير فكانت جالسة تبكي بين المنقشات والمواشط، وهي أشبه الناس بهذا الشاب، وقد حجروا على أبيها، ومنعوه أن يحضرها، وما رأيت يا أختي أقبح من هذا الأحدب؛ فهي أحسن من هذا الشاب.

قالت له الجنية:

- تكذب؛ فإن هذا الشاب أحسن أهل زمانه.

فرد عليها العفريت وقال:

- والله يا أختي، إن الصبية أحسن من هذا، ولكن لا يصلح لها إلا هو؛ فإنهما مثل بعضهما، ولعلهما أخوان أو أولاد عم.. فيا خَسارتها مع هذا الأحدب.

فقالت له:

- يا أخي، دعنا ندخل تحته، ونروح به إلى الصبية التي تقول عليها، وننظر أيهما أحسن.

قال العفريت:

- سمعًا وطاعةً، هذا كلام صواب، وليس هناك أحسن من هذا الرأي الذي اخترتِه، فأنا أحمله..

ثم حمله وطار به إلى الجو، وصارت العفريتة في كل ركابه تحاذيه، إلى أن نزل به في مصر، وحطه على مصطبة، ونبهه! فاستيقظ حسن من النوم فلم يجد نفسه على قبر أبيه في أرض البصرة، والتفت يمينًا وشمالًا فلم يجد نفسه إلا في مدينة غيرها؛ فأراد أن يصيح فغمزه العفريت وأوقد له شمعة، وقال له:

- اعلم أني جئت بك، وأنا أريد أن أعمل معك شيئًا لله؛ فخذ هذه الشمعة، وامشِ بها إلى ذلك الحمام، واختلط بالناس، ولا تزال ماشيًا معهم حتى تصل إلى قاعة العروس؛ فاسبق وادخل القاعة، ولا تخشَ أحدًا، وإذا دخلت فقف على يمين العريس الأحدب، وكل ما جاءك المواشط والمغنيات والمنقشات فحط يدك في جيبك تجده ممتلئًا ذهبًا فاكبش وارمِ لهُنَّ، ولا تتوهم أنك تُدخل يدك ولم تجده ممتلئًا بالذهب، فاعطِ كل من جاءك بالحفنة ولا تخشَ من شيء، وتوكل على الذي خلقك؛ فما هذا بحولك وقوتك بل بحول الله وقوته.

فلمَّا سمع حسن من العفريت هذا الكلام قال:

- يا هل تُرَى، أي شيء هذه القضية؟ وما وجه الإحسان؟

ثم مشى وأوقد الشمعة، وتوجه إلى الحمام، فوجد الأحدب راكب الفرس؛ فدخل حسن بين الناس وهو على هذه الحالة مع الصورة الحسنة، وكان عليه الطربوش، والعمامة، والفرجية المنسوجة بالذهب، وما زال ماشيًا في الزينة، وكلما وقفت المغنيات والناس ينقطوهن، كان يضع يده في جيبه فيلقاه ممتلئًا بالذهب فيكبش ويرمي في الطار للمغنيات والمواشط، فيملأ الطار دنانير؛ فاندهشت عقول المغنيات وتعجب الناس من حُسنه وجماله، ولم يزل على هذا الحال حتى وصلوا إلى بيت الوزير، فردَّ الحُجاب الناس ومنعوهم؛ فقالت المغنيات والمواشط:

- واللهِ لا ندخل إلا إن دخل هذا الشاب معنا؛ لأنه غمرنا بإحسانه، ولا نجلي العروس إلا وهو حاضر.

وعند ذلك دخلن به إلى قاعة الفرح وأجلسنه رغم أنف العريس الأحدب، واصطفت جميع نساء الأمراء، والوزراء، والحُجاب صفين، وكل امرأة معها شمعة كبيرة موقدة مضيئة، وكلهن مُلثمات، وصرن صفوفًا يمينًا وشمالًا، من تحت المنصة إلى صدر الليوان الذي عند المجلس الذي تخرج منه العروس؛ فلمَّا نظر النساء حسنًا وما هو فيه من الحُسن والجمال، ووجهه يضيء كأنه هلال، مالت جميعهن إليه؛ فقالت المغنيات للنساء الحاضرات:

- اعلمنَ أن هذا المَليح ما نقطنا إلا بذهب أحمر، فلا تقصرنَ في خدمته، وأطعنَه فيما يقول.

فازدحمنَ عليه النساء بالشمع، ونظرنَ إلى جماله؛ فانبهرت عقولهن من حُسنه، وصارت كل واحدة منهن تود أن تكون في حضنه سنةً أو شهرًا أو ساعةً، ورفعنَ ما كان على وجوههن من النقاب، وتحيرت منهن الألباب، وقلن:

- هنيئًا لمن كان هذا الشاب له أو عليه، ثم أخذن يدعون على ذلك الأحدب.

ثم إن المغنيات ضربن بالدفوف، وأقبلت المواشط، وبنت الوزير بينهن، وقد طيبنَها، وعطرنَها، وألبسنَها، وحسن شعرها ونحرها بالحلى والحلل من لباس الملوك الأكاسرة، ومن جملة ما عليها ثوب منقوش بالذهب الأحمر وفيه صور الوحوش والطيور، وهو مُسْبَلٌ عليها من فوق حوائجها، وفي عنقها عقد يساوي الألوف، قد حوَى كل فص من الجواهر ما حاز مثله تبع ولا قيصر.. وصارت العروس كأنها البدر إذا أقمر في ليلة أربعة عشر، ولمَّا أقبلت كانت كأنها حورية فسبحان من خلقها بهية! وأحدقت بها النساء؛ فصرن كالنجوم وهي بينهن كالقمر إذا انجلى عنه الغيم، وكان حسن جالسًا، والناس ينظرون إليه، فحضرت العروس، وأقبلت، وتمايلت؛ فقام إليها

السائس الأحدب ليقبلها فأعرضت عنه، وانقلبت حتى صارت قُدام حسن ابن عمها فضحك الناس لما رأوها مالت نحو حسن، وحط يده في جيبه وكبش الذهب، ورمى في طار المغنيات ففرحن، وقُلن:

- كنا نشتهي أن تكون هذه العروس لك.

فتبسم، هذا كله والسائس الأحدب وحده كأنه قرد، وكلما أوقدوا له الشمعة طُفئت فبهت، وصار قاعدًا في الظلام يمقت في نفسه، وهؤلاء الناس محدقون به، وهذه الشموع الموقدة؛ بهجتها من أعجب العجائب؛ يَحارُ من شعاعها أولو الألباب.. أمَّا العروس فإنها رفعت كفيها إلى السماء وقالت:

- اللهم اجعل هذا بعلي، وأرحني من هذا السائس الأحدب.

وصارت المواشط تجلي العروس إلى آخر السبع، وخلع على حسن والسائس الأحدب وحده، فلما افرغوا من ذلك أذنوا بالانصراف، فخرج جميع من كان في الفرح من النساء والأولاد، ولم يبقَ إلا حسن والسائس الأحدب، ثم إن المواشط أدخلن العروس ليكشفن ما عليها من الحلي، ويهيئنَها للعريس، وعند ذلك تقدم السائس الأحدب إلى حسن، وقال له:

- يا سيدي، آنستنا في هذه الليلة، وغمرتنا بإحسانك، فلمَ لا تقوم تروح بيتك بلا مطرود؟

فقال:

- بسم الله.

ثم قام وخرج من الباب فلقيه العفريت؛ فقال له:

- قف يا حسن؛ فإذا خرج الأحدب إلى بيت الراحة فادخل أنت واجلس في المخدع؛ فإذا أقبلت العروس فقل لها: أنا زوجك، والملك ما عمل تلك الحيلة إلا لأنه يخاف عليك من العين، وهذا الذي رأيته سائس من سُياسنا، ثم أقبِل عليها، واكشف وجهها، ولا تخشَ بأسًا من أحد.

فبينما يتحدث حسن مع العفريت إذا بالسائس دخل بيت الراحة، وقعد على الكرسي، فطلع له العفريت من الحوض الذي فيه الماء في صورة فأر، وقال:

- زيق.

فقال الأحدب:

- ما جاء بك إلى هنا؟

فكبر الفأر، وصار كالقط، ثم كبر حتى صار كلبًا، وقال:

- عوه، عوه.

فلمَّا نظر السائس ذلك فزع، وقال:

- اخسأ يا مشئوم.
فكبر الكلب، وانتفخ حتى صار جحشًا، ونهق:
- هاق هاق.
فانزعج السائس، وقال:
- الحقوني يا أهل البيت..
وإذا بالجحش قد كبر وصار قدر الجاموسة، وسد عليه المكان، وتكلم بكلام ابن آدم وقال:
- ويلك يا أحدب، يا أنتن السُّيَّاس.
فلحق السائس البطن، وقعد على الملاقي بأثوابه، واشتبكت أسنانه ببعضها؛ فقال له العفريت:
- هل ضاقت عليك الأرض فلا تتزوج إلا بمعشوقتي؟
فسكت السائس. فقال له:
- رد الجواب وإلا أسكنتك التراب.
فقال له:
- واللهِ ما لي ذنب إلا أنهم غصبوني، وما عرفت أن لها عُشاقًا من الجواميس، ولكن أنا تائب إلى الله، ثم إليك،.
فقال له العفريت:
- اقسم بالله إن خرجت في هذا الوقت من هذا الموضع أو تكلمت قبل أن تطلع الشمس لأقتلنك؛ فإذا طلعت الشمس فاخرج إلى حال سبيلك، ولا تعد إلى هذا البيت أبدًا.
ثم إن العفريت قبض على السائس الأحدب، وقلب رأسه في الملاقي، وجعلها إلى أسفل وجعل رجليه إلى فوق، وقال له:
- استمر هنا هكذا وأنا أحرسك إلى طلوع الشمس، هذا ما كان من قصة الأحدب.

3

أما ما كان من قصة حسن؛ فإنه خلى الأحدب والعفريت يتخاصمان، ودخل البيت، وجلس داخل المخدع؛ فإذا بالعروس أقبلت معها العجوز، فوقفت العجوز في باب المخدع، وقالت:

- يا أبا شهاب، قم وخذ عروسك، وقد استودعتك الله.

ثم ولت العجوز، ودخلت العروس المخدع، وكان اسمها ست الحسن، وقلبها مكسورًا، وقالت في قلبها:

- واللهِ لا أمكنه من نفسي لو طلعت روحي.

فلما دخلت إلى صدر المخدع نظرت حسنًا فقالت:

- يا حبيبي، وإلى هذا الوقت أنت قاعد؟ لقد قلت في نفسي: لعلك أنت والسائس الأحدب مشتركان فيَّ.

فقال حسن:

- وأي شيء أوصل السائس إليك؟ ومن أين له أن يكون شريكي فيكِ؟

فقالت:

- ومن زوجي؟ أأنت أم هو؟

فقال حسن:

- يا سيدتي، نحن ما عملنا هذا إلا سخرية به لنضحك عليه؛ فلمَّا نظرت المواشط والمغنيات وأهلك حُسنك البديع خافوا علينا من العين فاكتراه أبوك بعشرة دنانير؛ حتى يُصرف عنا العين، وقد راح.

عندما سمعت ست الحسن من حسن هذا الكلام فرحت، وتبسمت، وضحكت ضحكًا لطيفًا، وقالت:

- واللهِ أطفأتَ ناري، فباللهِ خُذني عندك، وضمني إلى حِضنك.

وكانت بلا لباس فكشف ثوبها إلى نحرها فبان ما قدامها ووراءها؛ فلما نظر بدر الدين صفاء جسمها تحركت فيه الشهوة فقام وحل لباسه، ثم حل كيس الذهب الذي كان أخذه من اليهودي، ووضع فيه ألف دينار، ولفه في سرواله، وحطه تحت ذيلة الطراحة، وقلع عمامته، ووضعها على الكرسي وبقي بالقميص الرفيع.. وكان القميص مُطرزًا بالذهب.. فعند ذلك قامت إليه ست الحسن وجذبته إليها، وجذبها حسن، وعانقها، وأخذ رجليها في وسطه، ثم ركب المدفع، وحرره على القلعة، وأطلقه؛ فهدم البرج فوجدها دُرة ما ثقبت، ومطية لغيره ما رُكبت، فأزال بكارتها، وتملى بشبابها ولم يزل يركب المدفع

ويرد إلى غاية خمس عشرة مرة، فعلقت منه، فلما فرغ حسن وضع يده تحت رأسها، وكذلك الأخرى وضعت يدها تحت رأسه، ثم إنهما تعانقا وشرحا بعناقهما مضمون هذه الأبيات:

زر من تحب كلام الحاسد   ليس الحسود على الهوى بمساعد
لم يخلق الرحمن أحسن منظرًا   من عاشقين في فراش واحد
متعانقين علتهما حلل الرضا   متوسدين بمعصم وبساعد
وإذا تألفت القلوب على الهوى   فالناس تضرب في حديد بارد
وإذا صفى لك من زمانك واحد   فهو المراد وعش بذاك الواحد

هذا ما كان من أمر حسن وست الحسن بنت عمه.. أمَّا ما كان من أمر العفريت؛ فإنه قال للعفريتة:

- قومي، وادخلي تحت الشاب، ودعينا نوديه مكانه؛ لئلا يدركنا الصبح فإن الوقت قريب.

فعند ذلك تقدمت العفريتة ودخلت تحت ذيله وهو نائم، وأخذته، وطارت به وهو على حاله بالقميص وبلا لباس، وما زالت العفريتة طائرة به والعفريت يُحاذيها فأذن الله الملائكة أن ترمي العفريت بشهاب من نار فاحترق، وسلمت العفريتة فانزلت حسنًا في موضع ما أحرق الشهاب العفريت، ولم تتجاوزه به خوفًا عليه، وكان بالأمر المُقدر ذلك الموضع في دمشق الشام؛ فوضعته العفريتة على باب من أبوابها، وطارت. فلما طلع النهار، وفتحت أبواب المدينة، خرج الناس فنظروا شابًّا مليحًا بالقميص والطاقية بلا عمامة ولا لباس، وهو مما قاسى من السهر، غارق في النوم؛ فلما رآه الناس قالوا:

- يا بخت من كان هذا عقده في هذه الليلة، ويا ليته صبر حتى لبس حوائجه.

وقال آخر:

- مساكين أولاد الناس، لعل هذا يكون في هذه الساعة خرج من المسكرة لبعض شغله فقوي عليه السكر؛ فتاه عن المكان الذي كان قصده حتى وصل إلى باب المدينة فوجده مُغلقًا، فنام ههنا.

وقد خاض الناس فيه بالكلام، وإذا بالرياح هبت على حسن فرفع ذيله من فوق بطنه فبان من تحته بطن، وسرة محققة، وسيقان وأفخاذ مثل البلور؛ فأخذ الناس يتعجبون؛ فانتبه حسن فوجد نفسه على باب مدينة، وعليها ناس فتعجب، وقال:

- أين أنا يا جماعة الخير؟ وما سبب اجتماعكم عليَّ؟ وما حكايتي معكم؟

فقالوا:

- نحن رأيناك عند أذان الصبح مُلقًى على هذا الباب نائمًا، ولا نعلم من أمرك غير هذا، فأين كنت نائمًا هذه الليلة؟

فقال حسن:

- واللهِ يا جماعة، كنت نائمًا هذه الليلة في مصر.

فقال واحد:

- هل أنت تأكل حشيشًا؟

وقال بعضهم:

- أأنت مجنون؟ كيف تكون بايتًا في مصر وتصبح نائمًا في مدينة دمشق؟

فقال لهم:

- واللهِ يا جماعة الخير، لم أكذب عليكم قطُّ، وكنت البارحة بالليل في ديار مصر، وقبل البارحة كنت بالبصرة.

فقال واحد:

- هذا شيء عجيب.

وقال آخر:

- هذا شاب مجنون،

وصفقوا عليه بالكفوف، وتحدث الناس مع بعضهم، وقالوا:

- يا خَسارة شبابه! واللهِ ما في جنونه خلاف.

ثم إنهم قالوا له:

- ارجع لعقلك.

فقال حسن:

- كنت البارحة عريسًا في ديار مصر.

فقالوا:

- لعلك حلمتَ ورأيت هذا الذي تقول في المنام!

فتحير حسن في نفسه، وقال لهم:

- واللهِ ما هذا منامًا، وأين السايس الأحدب الذي كان قاعدًا عندنا، والكيس الذهب الذي كان معي؟ وأين ثيابي ولباسي؟

ثم قام، ودخل المدينة، ومشى في شوارعها وأسواقها؛ فازدحم عليه الناس، وألفوه؛ فدخل دكان طباخ، وكان ذلك الطباخ رجلًا مُسرفًا فتاب الله عليه من الحرام، وفتح له دكان طباخ، وكانوا أهل دمشق كلهم يخافون منه لشدة بأسه؛ فلما نظر الطباخ إلى حسن، وشاهد حُسنه وجماله وقعت في قلبه محبته؛ فقال:

- من أين أنت يا فتى؟ احكِ لي حكايتك، فإنك صرتَ عندي أعز من روحي.

فحكى له ما جرى من المبتدأ إلى المنتهى؛ فقال له الطباخ:

ـ يا سيدي حسن، اعلم أن هذا أمر عجيب، وحديث غريب.. ولكن يا ولدي، اكتم ما معك حتى يفرج الله ما بك، واقعد عندي في هذا المكان، وأنا ما لي ولد فأتخذك ولدي.

فقال له حسن:

ـ الأمر كما تريد يا عم.

فعند ذلك نزل الطباخ إلى السوق، واشترى لحسن أقمشة مُفتخرة، وألبسه إياها، وتوجه به إلى القاضي، وأشهد على نفسه أنه ولده، وقد اشتهر حسن في مدينة دمشق أنه ولد الطباخ، وقعد عنده في الدكان يقبض الدراهم، وقد استقر أمره عنده على هذه الحالة، وهذا ما كان من أمر حسن..

4

أمَّا ما كان من أمر ست الحسن بنت عمه؛ فإنها لما طلع الفجر وانتهت من النوم لم تجد حسنًا قاعدًا عندها؛ فاعتقدت أنه دخل المرحاض، فجلست تنتظره ساعةً، وإذا بأبيها قد دخل عليها وهو مهموم مما جرى له من السلطان، وكيف غصبه وزوّج ابنته غصبًا لأحد غلمانه الذي هو السايس الأحدب، وقال في نفسه:

- سأقتل هذه البنت إن مكنت هذا الخبيث من نفسها.

فمشى إلى أن وصل للمخدع، ووقف على بابه، وقال:

- يا ست الحسن.

فقالت له:

- نعم يا سيدي.

ثم إنها خرجت وهي تتمايل من الفرح، وقبّلت الأرض بين يديه، وازداد وجهها نورًا، وجمالًا لعناقها لذلك الغزال، فلمَّا نظرها أبوها وهي بتلك الحالة قال لها:

- يا خبيثة، هل أنت فرحانة بهذا السايس؟!

فلما سمعت ست الحسن كلام والدها تبسمت، وقالت:

- يا الله، يكفي ما جرى منك والناس يضحكون عليَّ، ويعايرونني بهذا السايس الذي ما يجيء في إصبعي قلامة ظفر.. إن زوجي واللهِ ما بت طول عمري ليلة أحسن من ليلة البارحة التي بتها معه، فلا تهزأ بي، وتذكر لي ذلك الأحدب.

فلما سمع والدها كلامها امتزج بالغضب وازرقت عيناه، وقال لها:

- ويلك! أي هذا الكلام الذي تقولينه؟ إن السايس الأحدب قد يأتي عندك؛

فقالت:

- باللهِ عليك لا تذكره لي، قبّحه الله، وقبّح أباه؛ فلا تكثر المزاح بذكره، فما كان السايس إلا مُكترى بعشرة دنانير، وأخذ أجرته وراح، وجئت أنا ودخلت المخدع، فنظرت زوجي قاعدًا بعدما جلتني عليه المغنيات ونقط بالذهب الأحمر حتى أغنى الفقراء الحاضرين، وقد بت في حِضن زوجي خفيف الروح صاحب العينين السوداوين، والحاجبين المقرونين.

فلمَّا سمع والدها هذا الكلام صار الضياء في وجهه ظلامًا، وقال لها:

- يا فاجرة، ما هذا الذي تقولينه؟ أين عقلك؟

فقالت له:
- يا أبتِ، لقد فتت كبدي، لأي شيء تتغافل؛ فهذا زوجي الذي أخذ وجهي، قد دخل بيت الراحة، وإني قد علقت منه.
فقام والدها وهو متعجب، ودخل بيت الخلاء فوجد السايس الأحدب، ورأسه مغروز في الملاقي، ورجلاه مرتفعتان إلى فوق فبهت فيه الوزير، وقال:
- أما هذا هو الأحدب؟
فخاطبه فلم يرد عليه، وظن الأحدب أنه العفريت؛ فصرخ عليه الوزير وقال له:
- تكلم وإلا أقطع رأسك بهذا السيف.
وعند ذلك قال الأحدب:
- واللهِ يا شيخ العفاريت، من حين جعلتني في هذا الموضع ما رفعت رأسي، فباللهِ عليك أن ترفق بي.
فلمَّا سمع الوزير كلام الأحدب قال له:
- ما تقول؟ فإني أبو العروس، وما أنا عفريت.
فقال:
- ليس عمري في يدك، ولا تقدر أن تأخذ روحي، فرُح إلى حال سبيلك قبل أن يأتيك الذي فعل بي هذه الفعال، فأنتم لا تزوجوني إلا بمعشوقة الجواميس، ومعشوقة العفاريت؛ فلعن الله من زوجني بها، ولعن من كان السبب في ذلك.
فقال له الوزير:
- قم، واخرج من هذا المكان.
فقال له:
- هل أنا مجنون حتى أروح معك بغير إذن العفريت؟ فإنه قال لي: إذا طلعت الشمس فاخرج ورُح إلى حال سبيلك؛ فهل طلعت الشمس أم لا؟ فإني لا أقدر أن أطلع من موضعي إلا إن طلعت الشمس.
فعند ذلك قال له الوزير:
- من أتى بك إلى هذا المكان؟
فقال:
- إني جئت البارحة إلى هنا لأقضي حاجتي، وأزيل ضرورتي، فإذا بفأر طلع من وسط الماء وصاح، وصار يكبر حتى بقي قدر الجاموسة، وقال لي كلامًا دخل في أذني؛ فخلني وراح عند العروس، ومن زوجني بها.

فتقدم إليه الوزير وأخرجه من المرحاض فخرج وهو يجري، وما صدق أن الشمس طلعت وطلع إلى السلطان وأخبره بما اتفق له مع العفريت.. أمَّا الوزير أبو العروس فإنه دخل البيت حائر العقل في أمر بنته؛ فقال:

- يا ابنتي، اكشفي لي عن خبرك.

فقالت:

- إن الظريف الذي كنت أتجلى عليه بات عندي البارحة، وأزال بكارتي، وعلقت منه، وإن كنت لم تصدقني؛ فهذه عمامته بلفتها على الكرسي، ولباسه تحت الفراش، وفيه شيء ملفوف لم أعرف ما هو.

فلمَّا سمع والدها هذا الكلام دخل المخدع، فوجد عمامة حسن ابن أخيه، ففي الحال أخذها في يده وقلبها، وقال:

- هذه عمامة وزراء إلا أنها مَوْصلية.

ثم نظر إلى الحرز المخيط في طربوشه فأخذه، وفتقه، وأخذ اللباس؛ فوجد الكيس الذي فيه ألف دينار، ففتحه فوجد فيه ورقة فقرأها، فوجد مبايعة اليهودي، واسم حسن بن نور الدين البصري، ووجد الألف دينار؛ فلما قرأ شمس الدين الورقة صرخ صرخة، وخرَّ مغشيًّا عليه، فلمَّا أفاق، وعلم مضمون القصة تعجب، وقال:

- لا إله إلا الله القادر على كل شيء.

وقال:

- يا بنت، هل تعرفين من الذي أخذ وجهك؟

قالت:

- لا. قال إنه ابن أخي، وهو ابن عمك، وهذه الألف دينار مهرك؛ فسبحان الله! فليت شعري كيف اتفقت هذه القضية.

ثم فتح الحرز المخيط فوجد فيه ورقة مكتوبًا عليها بخط أخيه نور الدين المصري أبي حسن؛ فلما نظر خط أخيه أنشد هذين البيتين:

أرى آثارهم فأذوب شوقًا وأسكب في مواطنهم دموعي
وأسأل من بفرقتهم رماني يمن عليَّ يومًا بالرجوع

فلمَّا فرغ من الشعر، قرأ الحرز فوجد فيه تاريخ زواجه بنت وزير البصرة، وتاريخ دخوله بها، وتاريخ عمره إلى حين وفاته، وتاريخ ولادة ولده حسن؛ فتعجب، واهتز من الطرب، وقابل ما جرى لأخيه على ما جرى له فوجده سواء بسواء، وزواجه، وزواج الآخر موافقيْنِ في تاريخيهما، ودخولهما بزوجتيهما متوافقًا، وولادة حسن ابن أخيه، وولادة ابنته ست الحسن متوافقيْنِ؛ فأخذ الورقتين وطلع بهما إلى السلطان، وأعلمه بما جرى من أول

الأمر إلى آخره؛ فتعجب، وأمر بأن يؤرَّخ هذا الأمر في الحال، ثم أقام الوزير ينظر ابن أخيه فما وقع له على خبر؛ فقال:

- واللهِ لأعملن عملًا ما سبقني إليه أحد.

أخذ الوزير دواةً وقلمًا وكتب أمتعة، وأن الخشخانة في موضع كذا، والستارة الفلانية في موضع كذا، وكتب جميع ما في البيت، ثم طوَى الكتاب، وأمر بخزن جميع الأمتعة، وأخذ العمامة والطربوش، وأخذ معه الفرجية والكيس وحفظهما عنده.. أمَّا بنت الوزير فإنها لمَّا أكملت أشهرها ولدت ولدًا مثل القمر يشبه والده من الحُسن، والكمال، والبهاء، والجمال؛ فقطعوا سرته، وكحلوا مقلته، وسلموه إلى المرضعات، وسموه عجيبًا؛ فصار يومه بشهر، وشهره بسنة؛ فلمَّا مر عليه سبع سنين أعطاه جده لفقيه ووصاه بأن يربيه ويُحسن تربيته؛ فأقام في المكتب أربع سنوات؛ فصار يقاتل أهل المكتب ويسبهم، ويقول لهم:

- من منكم مثلي؟ أنا ابن وزير مصر.

فقام الأولاد، واجتمعوا يشكون إلى العريف ما قاسوه من عجيب.

قال لهم العريف:

- أنا أعلمكم شيئًا تقولونه له عندما يجيء فيتوب عن المجيء للمكتب، وذلك أنه إذا جاء غدًا فاقعدوا حوله وقولوا لبعضكم: واللهِ ما يلعب معنا هذه اللعبة إلا من يقول لنا على اسم أمه، واسم أبيه، ومن لم يعرف اسم أمه واسم أبيه فهو ابن حرام فلا يلعب معنا.

فلمَّا أصبح الصباح أتوا إلى المكتب، وجاء عجيب فاختلط بالأولاد، وقالوا:

- نحن نلعب لعبة، ولكن ما يلعب إلا من يقول لنا عن اسم أمه واسم أبيه.

واتفقوا على ذلك؛ فقال واحد منهم:

- اسمي ماجدي، وأمي علوي، وأبي عز الدين.

وقال الآخر مثل قوله، وآخر كذلك، إلى أن جاء الدور على عجيب؛ فقال:

- أنا اسمي عجيب، وأمي ست الحسن، وأبي شمس الدين والوزير بمصر.

فقالوا له:

- واللهِ إن الوزير ما هو أبوك.

فقال عجيب:

- الوزير أبي حقيقة.

فعند ذلك ضحك الأولاد وصفقوا عليه، وقالوا:

- أنت ما تعرف لك أبًا؛ فقم من عندنا؛ فلا يلعب معنا إلا من يعرف اسم أبيه.

وفي الحال، تفرَّق الأولاد من حوله، وتضاحكوا عليه؛ فضاق صدره واختنق بالبكاء؛ فقال له العريف:

- هل تعتقد أن أباك هو جدك الوزير أبو أمك ست الحسن؟ إن أباك ما تعرفه أنت ولا نحن؛ لأن السلطان زوجها للسائس الأحدب، وجاء الجن فناموا عندها فإن لم تعرف لك أبًا يجعلونك بينهم ولد زنا؛ ألا ترى أن ابن البائع يعرف أباه؟ فوزير مصر إنما هو جدك، وأما أبوك فلا نعرفه نحن ولا أنت فارجع لعقلك.

فلمَّا سمع هذا الكلام قام من ساعته، ودخل على والدته ست الحسن، وأخذ يشكو لها وهو يبكي ومنعه البكاء من الكلام؛ فلمَّا سمعت أمه كلامه وبكاءه التهب قلبها عليه، وقالت له:

- يا ولدي، ما الذي أبكاك؟ احكِ لي قصتك.

فحكى لها ما سمعه من الأولاد، ومن العريف، وقال:

- يا والدتي، من أبي؟

فقالت له:

- أبوك وزير مصر.

فقال لها:

- ليس هو أبي، فلا تكذبي عليَّ فإن الوزير أبوكِ أنتِ لا أبي أنا. من أبي؟ فإن لم تخبريني بالصحيح قتلت روحي بهذا الخنجر.

فلمَّا سمعت والدته ذكر أبيه بكت لذكر ولد عمها، وتذكرت محاسن حسن، وما جرى لها معه وصرخت، وكذلك ولدها؛ فإذا بالوزير يدخل.. فما نظر إلى بكائها احتر قلبه، وقال:

- ما يبكيكما؟

فأخبرته بما اتفق لولدها مع صغار المكتب؛ فبكى هو الآخر، ثم تذكر أخاه، وما اتفق له معه، وما اتفق لابنته، ولم يعلم بما في باطن الأمر، ثم قام الوزير في الحال، ومشى حتى طلع إلى الديوان، ودخل على السلطان، وأخبره بالقصة، وطلب منه الإذن بالسفر إلى الشرق؛ ليقصد مدينة البصرة، ويسأل عن ابن أخيه، وطلب من السلطان أن يكتب له مراسيم لسائر البلاد إذا وجد ابن أخيه في أي موضع يأخذه، ثم بكى بين يدي السلطان فرقَّ له قلبه، وكتب مراسيم لسائر الأقاليم والبلاد؛ ففرح بذلك، ودعا للسلطان، وودعه، ونزل، وتجهَّز في الحال، وأخذ ما يحتاج إليه، وأخذ ابنته وولدها عجيبًا، وسافر أول يوم، وثاني يوم، وثالث يوم حتى وصل إلى مدينة دمشق فوجدها ذات أشجار وأنهار كما قال الشاعر:

من بعد يوم في دمشق وليلتي حلف الزمان بمثلها لا يغلط
بتنا وجنح الليل في غفلاته ومن الصباح عليه فرع أشمط
والظل في تلك الغصون كأنه دُر يصافحه النسيم فيسقط
والطير يقرأ والغدير صحيفة والريح تكتب والغمام ينقط

فنزل الوزير من ميدان الحصباء، ونصب خيامه، وقال لغلمانه:

- نأخذ الراحة هنا يومين.

فدخل الغلمان المدينة لقضاء حوائجهم.. هذا يبيع، وهذا يشتري، وهذا يدخل الحمام، وهذا يدخل جامع بني أمية الذي ما في الدنيا مثله، ودخل المدينة عجيب هو وخادمه يتفرجان، والخادم ينشي خلف عجيب وفي يده سوط لو ضرب به جملًا لسقط ولم يثر؛ فلمَّا نظر أهل دمشق إلى عجيب، وقده، واعتداله، وبهائه، وكماله بديع الجمال، وخيم الدلال، ألطف من نسيم الشمال، وأحلى للظمآن من الماء الزلال، وألذ من العافية لصاحب الاعتلال؛ فلمَّا رآه أهل دمشق تبعوه وصارت الخَلق تجري وراءه تتبعه، وتقعد في الطريق حتى يجيء عليهم، وينظروه إلى أن وقف عجيب بالأمر المقدر على دكان أبيه حسن الذي أجلسه فيه الطباخ الذي اعترف عند القضاة والشهود أنه ولده.

فلمَّا وقف عليه العبد في ذلك اليوم وقف معه الخدام، فنظر حسن إلى ولده فأعجبه حين وجده في غاية الحُسن؛ فحنَّ إليه فؤاده، وتعلق به قلبه، وكان قد طبخ حب رمان مخليًا بلوز وسكر؛ فأكلوا سواء؛ فقال لهم حسن:

- أنستمونا، كلوا هنيئًا مريئًا.

ثم إن عجيبًا قال لوالده:

- اقعد كُل معنا؛ لعل الله يجمعنا بمن نريد..

فقال عجيب:

- نعم يا عم، حرق قلبي بفراق الأحباب، والحبيب الذي فارقني هو والدي، وقد خرجت أنا وجَدي نطوف عليه البلاد، فواحسرتاه على جمع شملي به!

وبكى بكاءً شديدًا، وبكى والده لبكائه، وتذكر فرقة الأحباب، وبُعده عن والده ووالدته؛ فحنَّ له الخادم، وأكلوا جميعًا إلى أن اكتفوا.. ثم بعد ذلك، قاما وخرجا من دكان حسن؛ فأحس أن روحه فارقت جسده، وراحت معهم، فما قدر أن يصير عنهم لحظة واحدة، فقفل الدكان وتبعهم وهو لا يعلم أنه ولده، وأسرع في مشيه؛ حتى لحقهم قبل أن يخرجوا من الباب الكبير، فالتفت الطواشي وقال له:

- ما لك يا طباخ؟

فقال حسن:

- لمَّا نزلتم من عندي كان روحي خرجت من جسمي، ولي حاجة في المدينة خارج الباب؛ فأردت أن أرافقكم حتى أقضي حاجتي وأرجع.

فغضب الطواشي، وقال لعجيب:

- إن هذه أكلة مشئومة، وصارت علينا مكرمة، وها هو تابعنا من موضع إلى موضع.

فالتفت عجيب فرأى الطباخ فاغتاظ واحمر وجهه، وقال للخادم:

- دعه يمشِ في طريق المسلمين؛ فإذا خرجنا إلى خيامنا وخرج معنا عرفنا أنه يتبعنا فنطرده.

فأطرق رأسه ومشى، والخادم وراءه، فتبعهم حسن إلى ميدان الحصباء، وقد قربوا من الخيام، فالتفوا ورأوه خلفهم؛ فغضب عجيب، وخاف من الطواشي أن يُخبر جده؛ فامتزج بالغضب مخافة أن يقولوا إنه دخل دكان الطباخ، وإن الطباخ منعه، فالتفت حتى صارت عيناه في عيني أبيه، وقد بقي جسدًا بلا روح، ورأى عجيب عينيه كأنهما عينا خائن، وربما كان ولد زنا؛ فازداد غضبًا، وأخذ حجرًا وضرب به والده، فوقع الحجر على جبينه فبطحه فوقع حسن مغشيًّا عليه، وسال الدم على وجهه، وسار عجيب هو والخادم إلى الخيام..

5

أمَّا حسن فإنه لما أفاق مسح دمه، وقطع قطعة من عمامته، وعصب بها رأسه، ولام نفسه وقال:

- أنا ظلمت الصبي؛ حيث أغلقت دكاني، وتبعته حتى ظن أني خائن.

ثم رجع إلى الدكان، واشتغل ببيع طعامه، وصار مشتاقًا إلى والدته التي في البصرة، ويبكي عليها، وأنشد هذين البيتين :

لا تسأل الدهر إنصافًا لتظلمه   فلست فيه ترى يا صاح إنصافا
خذ ما تيسر وأزوالهم ناحية   لا بد من كدر فيه وإن صافي

ثم إن حسنًا استمر مشتغلًا يبيع طعامه، أمَّا الوزير عمه فإنه أقام في دمشق ثلاثة أيام، ثم رحل متوجهًا إلى حِمص فدخلها، ثم رحل عنها، وأخذ يفتش في طريقه أينما حلَّ وجهه في سيره إلى أن وصل إلى ماردين، والموصل، وديار بكر، ولم يزل سائرًا إلى مدينة البصرة فدخلها، فلمَّا استقر به المنزل دخل إلى سلطانها، واجتمع به؛ فاحترمه، وأكرم منزله، وسأله عن سبب مجيئه، فأخبره بقصته، وأن أخاه الوزير نور الدين، فترحم عليه السلطان، وقال:

- أيها الصاحب، إنه كان وزيري، وكنت أحبه كثيرًا، وقد مات من مدة خمسة عشر عامًا، وخلف ولدًا، وقد فقدناه، ولم نطلع له على خبر، غير أن أمه عندنا؛ لأنها بنت وزيري الكبير.

فلمَّا سمع الوزير شمس الدين من السلطان أن أم ابن أخيه طيبة فرح، وقال:

- يا مولاي، إني أريد أن أجتمع بها.

فإذن له في الحال، ثم إنه صار يمشي إلى أن وصل إلى قاعة زوجة أخيه أمِّ حسن، وكانت في فترة غَيبة ولدها قد لزمت البكاء، والنحيب، بالليل والنهار، فلما طالت عليها المدة عملت لولدها قبرًا من الرخام وسط القاعة، وصارت تبكي عليه ليلًا ونهارًا، ولا تنام إلا عند ذلك القبر؛ فلمَّا وصل إلى مسكنها سمع حسها فوقف خلف الباب فسمعها تنشد على القبر هذين البيتين:

بالله يا قبر هل زالت محاسنه؟   وهل تغير ذاك المنظر النضر؟
يا قبر لا أنت بستان ولا فلك   فكيف يجمع فيك الغصن والقمر؟

فبينما هي كذلك إذا بالوزير شمس الدين قد دخل عليها وسلم عليها، وأعلمها أنه أخو زوجها وقد أخبرها بما جرى، وكشف لها عن القصة، وأن ابنها حسنًا بات عند ابنته ليلةً كاملةً، ثم طلع عليه الصباح، وقال لها:

- إن ابنتي حملت من ولدك، وولدت ولدًا، وهو معي، وإنه ولدك، وولد ولدك من أبي.
فلمَّا سمعت خبر ولدها وأنه حي، ورأت أخا زوجها قامت إليه ووقعت على قدميه وقبلتهما، وأنشدت هذين البيتين:

لله در مبشري بقدومهم فلقد أتى بأطايب المسموع
لو كان يقنع بالخليع وهبته قلبًا تقطع ساعة التوديع

ثم إن الوزير أرسل إلى عجيب ليُحضره؛ فلمَّا حضر قامت له جدته، واعتنقته، وبكت، فقال لها شمس الدين:
- ما هذا وقت بكاء بل هذا وقت تجهزك للسفر معنا إلى ديار مصر؛ عسى الله أن يجمع شملنا وشملك بولدك ابن أخي.
فقالت:
- سمعًا وطاعةً.
ثم قامت من وقتها وجمعت كل أمتعتها، وذخائرها، وجواريها، وتجهزت في الحال، ثم طلع الوزير شمس الدين إلى سلطان البصرة وودعه؛ فبعث معه هدايا، وتحفًا إلى سلطان مصر، وسافر من وقته هو وزوجة أخيه، ولم يزل سائرًا حتى وصل إلى مدينة دمشق؛ فنزل على القانون، وضرب الخيام، وقال لمن معه إننا نقيم بدمشق جمعةً إلى أن نشتري للسلطان هدايا وتحفًا، ثم قال عجيب للطواشي:
- يا غلام، إني اشتقت إلى الفرجة؛ فقم بنا ننزل إلى سوق دمشق، ونعتبر أحوالها، وننظر ما جرى لذاك الطباخ الذي كنا قد أكلنا طعامه، وشججنا رأسه، مع أنه كان قد أحسن إلينا ونحن أسأناهُ.
فقال الطواشي:
- سمعًا وطاعةً..
ثم إن عجيبًا خرج من الخيام هو والطواشي، وحركته القرابة إلى التوجه لوالده، ودخل مدينة دمشق، وما زالا، إلى أن وصلا إلى دكان الطباخ فوجداه واقفًا في الدكان، وكان ذلك قبل العصر، وقد وافق الأمر أنه طبخ حب رمان فلمَّا قربا منه ونظره عجيب حنَّ إليه قلبه، ونظر إلى أثر الضربة بالحجر في جبينه؛ فقال:
- السلام عليك يا هذا، اعلم أن خاطري عندك.
فلما نظر إليه حسن تعلقت أحشاؤه به، وخفق فؤاده إليه، وأطرق برأسه إلى الأرض، وأراد أن يدير لسانه في فمه فما قدر على ذلك، ثم رفع رأسه إلى ولده خاضعًا متذللًا، وأنشد هذه الأبيات:

تمنيت من أهوى فلما رأيته ذهلت فلم أملك لسانًا ولا طرفا
وأطرقت إجلالًا له ومهابة وحاولت إخفاء الذي بي فلم يخف
وكنت معدًّا للعتاب صحائفًا فلمَّا اجتمعنا ما وجدت ولا حرفا

ثم قال لهما:

- اجبرا قلبي، وكُلا من طعامي، فواللهِ ما نظرت إليك أيها الغلام إلا حنَّ قلبي إليك، وما كنت تبعتك إلا وأنا بغير عقل.

فقال عجيب:

- واللهِ إنك محب لنا، ونحن أكلنا عندك لقمة فلازمتنا عقبها، وأردت أن تهتكنا ونحن لا نأكل لك أكلًا إلا بشرط أن تحلف أنك لا تخرج وراءنا ولا تتبعنا، وإلا لا نعود إليك من وقتنا هذا؛ فنحن مقيمون في هذه المدينة جمعة حتى يأخذ جدي هدايا للسلطان.

فقال حسن:

- لكم عليَّ ذلك.

فدخل عجيب هو والخادم الدكان؛ فقدم لهما زبدية ممتلئة حب رمان، فقال عجيب:

- كُل معنا؛ لعل الله يفرِّج عنا.

ففرح حسن، وأكل معهما حتى امتلأت بطناهما وشبِعا على خلاف عادتهما، ثم انصرفا، وأسرعا في مشيهما حتى وصلا إلى خيامهما، ودخل عجيب على جدته أم والده حسن فقبلته، وتذكرت حسن فتنهدت وبكت، ثم إنها أنشدت هذين البيتين:

لو لم أرَ بأن الشمل يجتمع ما كان لي في حياتي بعدكم طمع
أقسمت ما في فؤادي غير حبكم والله ربي على الأسرار مطلع

ثم قالت لعجيب:

- يا ولدي، أين كنت؟

قال:

- في مدينة دمشق.

فعند ذلك قامت وقدمت له زبدية من حب الرمان، وكان قليل الحلاوة، وقالت للخادم:

- اقعد مع سيدك.

فقال الخادم في نفسه:

- واللهِ ما لنا شهية في الأكل.

ثم جلس الخادم.. أمَّا عجيب فإنه لمَّا جلس كان بطنه ممتلئًا بما أكل وشرب؛ فأخذ لقمة وغمسها في حَب الرمان وأكلها، فوجده قليل الحلاوة؛ لأنه شبعانُ فتضجر، وقال:

- أي شيء هذا الطعام الوحش؟

فقالت جدته:

- يا ولدي، أتعيب طبيخي وأنا طبخته ولا أحد يحسن الطبيخ مثلي إلا والدك حسنًا؟

فقال عجيب:

- واللهِ يا جدتي، إن طبيخك هذا غير متقن، نحن في هذه الساعة رأينا في المدينة طباخًا طبخ رُمانًا، ولكن رائحته ينفتح لها القلب، وأمَّا طعامه فإنه يشتهي نفس المتخوم أن يأكل، وأمَّا طعامك بالنسبة له فإنه لا يساوي كثيرًا، ولا قليلًا.

فلمَّا سمعت جدته كلامه اغتاظت غيظًا شديدًا، ونظرت إلى الخادم، وقالت:

- ويلك! هل أنت من أفسدت ولدي؛ لأنك دخلت به دكاكين الطباخين؟

فخاف الطواشي وأنكر، وقال:

- ما دخلنا الدكان، ولكن جزنا جوازًا.

فقال عجيب:

- واللهِ لقد دخلنا وأكلنا، وهو أحسن من طعامك.

فقامت جدته، وأخبرت أخا زوجها، وأغرته على الخادم؛ فحضر الخادم قُدام الوزير؛ فقال له:

- لمَ دخلت بولدي دكان الطباخ؟

فخاف الخادم، وقال:

- ما دخلنا.

فقال عجيب:

- بل دخلنا، وأكلنا من حَب الرمان حتى شبعنا، وسقانا الطباخ شرابًا بثلج وسكر.

فازداد غضب الوزير على الخادم وسأله فأنكر؛ فقال له الوزير إن كان كلامك صحيحًا فاقعد وكُل قُدامنا، وعند ذلك تقدم الخادم وأراد أن يأكل، فلم يقدر، ورمى اللقمة، وقال:

- يا سيدي، إني شبعان من البارحة.

فعرف الوزير أنه أكل عند الطباخ؛ فأمر الجواري بأن يطرحنه فطرحنه، ونزل عليه بالضرب الوجيع؛ فاستغاث، وقال:

- يا سيدي، إني شبعان من البارحة.
ثم منع عنه الضرب، وقال:
- لم أنطق بالحق.
فقال:
- اعلم أننا دخلنا دكان الطباخ، وهو يطبخ حَب الرمان؛ فغرف لنا منه، واللهِ ما أكلت عمري مثله، ولا رأيت أقبح من هذا الذي قُدامنا.
فغضبت أم حسن، وقالت:
- لا بد أن تذهب إلى هذا الطباخ، وتجيء لنا بزبدية حَب الرمان من الذي عنده، وتريه لسيدك؛ حتى يقول أيهما أحسن وأطيب.
فقال الخادم:
- نعم..
وفي الحال أعطته زبدية ونصف دينار فمضى الخادم حتى وصل إلى الدكان، وقال للطباخ:
- نحن تراهَنا على طعامك في بيت سيدنا؛ لأن هناك حَب رمان طبخه أهل البيت؛ فهاتِ لنا بنصف الدينار هذا، وأدر بالك في طهيه وأتقنه؛ فقد أكلنا الضرب الموجع على طبيخك.
فضحك حسن، وقال:
- واللهِ إن هذا الطعام لا يُحسنه أحد إلا أنا ووالدتي، وهي الآن في بلاد بعيدة.
ثم إنه عرف الزبدية، وأخذها، وختمها بالمسك وماء الورد؛ فأخذها الخادم، وأسرع بها حتى وصل إليهم؛ فأخذتها والدة حسن وذاقتها، ونظرت حُسن طعمها؛ فعرفت طباخها فصرخت، ثم وقعت مغشيًّا عليها، فبهت الوزير من ذلك، ثم رشوا عليها ماء الورد وبعد ساعة أفاقت، وقالت:
- إن كان ولدي في الدنيا فما طبخ حَب الرمان هذا إلا هو، وهو ولدي حسن لا شك ولا محالة؛ لأن هذا طعامه، وما أحد يطبخه غيره إلا أنا لأني علمته طبيخه.
فلمَّا سمع الوزير كلامها فرح فرحًا شديدًا، وقال:
- واشوقاه إلى رؤية ابن أخي! أتُرَى، تجمع الأيام شملنا؟ وما نطلب الاجتماع به إلا من الله تعالى.
ثم إن الوزير قام من وقته وساعته، وصاح على الرجال الذين معه، وقال:
- يمضي منكم عِشرون رجلًا إلى دكان الطباخ، ويهدمونها، ويكتفونه بعمامته، ويجرونه غصبًا إلى مكاني من غير إيذاء يحصل له.
فقالوا له:

- نَعم.
ثم إن الوزير ركب من وقته وساعته إلى دار السعادة، واجتمع بنائب دمشق وأطلعه على الكتب التي معه من السلطان؛ فوضعها على رأسه بعد تقبيلها، وقال:
- من غريمك؟
قال:
- رجل طباخ.
ففي الحال أمر حُجابه بأن يذهبوا إلى دكانه فذهبوا فرأوها مهدومة، وكل شيء فيها مكسور؛ لأنه لمَّا توجه إلى دار السعادة فعلت جماعته ما أمرهم به، وصاروا منتظرين مجيء الوزير من دار السعادة، وحسن يقول في نفسه:
- يا تُرَى، أي شيء رأوا في حَب الرمان حتى صار لي هذا الأمر؟
فلما حضر الوزير من عند نائب دمشق، وقد أذن غريمه وسفره به، فلما دخل الخيام طلب الطباخ فأحضروه مكتفًا بعمامته؛ فلما نظر حسن إلى عمه بكى بكاءً شديدًا، وقال:
- يا مولاي، ما ذنبي عندكم؟
فقال له:
- أنت الذي طبخت حَب الرمان؟
قال:
- نعم؛ فهل وجدتم فيه شيئًا يوجب ضرب الرقبة؟
فقال:
- هذا أقل جزائك.
فقال له:
- يا سيدي، أما توقفني على ذنبي؟
فقال له الوزير:
- نعم في هذه الساعة.
ثم إن الوزير صرخ على الغلمان، وقال:
- هاتوا الجمال.
وأخذوا حسن معهم، وأدخلوه في صندوق، وقفلوا عليه، وساروا، ولم يزالوا سائرين إلى أن أقبل الليل؛ فحطوا، وأكلوا شيئًا من الطعام، وأخرجوا حسنًا فأطعموه، وأعادوه إلى الصندوق، ولم يزالوا كذلك حتى وصلوا إلى مكان فأخرجوه من الصندوق، وقال له:

ـ هل أنت طبخت حَب الرمان؟

فقال: نعم يا سيدي.

فقال الوزير:

ـ قيدوه.

فقيدوه، وأعادوه إلى الصندوق، وساروا إلى أن وصلوا إلى مصر، وقد نزلوا في الزيدانية؛ فأمر بإخراج حسن من الصندوق، وأمر بإحضار نجار، وقال:

ـ اصنع لهذا لعبة خشب.

فقال حسن:

ـ وما تصنع بها؟

فقال:

ـ أصلبك، وأسمرك فيها، ثم أدور بك المدينة كلها.

فقال:

ـ على أي شيء تفعل بي ذلك؟

فقال الوزير:

ـ على عدم إتقان طبيخك حَب الرمان؛ فكيف طبخته وهو ينقصه فُلفل.

فقال له:

ـ وهل لكونه ناقصًا فلفلًا تصنع معي هذا كله؟ أما كفاك حبسي، وكل يوم تطعمونني بأكلة واحدة؟

فقال له الوزير:

ـ من أجل كونه ناقصًا فلفلًا ما جزاؤك إلا القتل.

فتعجب حسن، وحزن على روحه، وأخذ يتفكر في نفسه؛ فقال له الوزير:

ـ في أي شيء تتفكر؟

فقال له:

ـ في العقول السخيفة التي مثل عقلك؛ فإنه لو كان عندك عقل ما كنت فعلت معي هذه الفِعال لأجل نقص الفلفل.

فقال له الوزير:

ـ يجب علينا أن نؤدبك؛ حتى لا تعود لمثله.

فقال حسن:

ـ إن الذي فعلته معي أقل شيء فيه أدبي.

فقال:

ـ لا بد من صلبك.

كل هذا والنجار يصلح الخشب، وهو ينظر إليه، ولم يزالوا كذلك إلى أن أقبل الليل؛ فأخذه عمه ووضعه في الصندوق، وقال:

- في غدٍ يكون صلبك.

ثم صبر عليه حتى عرف أنه نام، فقام، وركب، وأخذ الصندوق قُدامه، ودخل المدينة، وسار إلى أن دخل بيته، ثم قال لابنته ست الحسن:

- الحمد لله الذي جمع شملك بابن عمك، قومي، وافرشي البيت مثل فرشة ليلة الجلاء.

فأمرت الجواري بذلك، فقمن، وأوقدن الشمع، وقد أخرج الوزير الورقة التي كتب فيها أمتعة البيت، ثم قرأها، وأمر بأن يضعوا كل شيء في مكانه حتى إن الرائي إذا رأى ذلك لا يشك في أنها ليلة الجلاء بعينها، ثم إن الوزير أمر بأن تحط عمامة حسن في مكانها الذي حطها فيه بيده، وكذلك السروال والكيس الذي تحت الطراحة، ثم إن الوزير أمر ابنته بأن تتحف نفسها كما كانت ليلة الجلاء، وتدخل المخدع، وقال لها:

- إذا دخل عليك ابن عمك فقولي له: قد أبطأت عليَّ في دخولك بيت الخلاء، ودعيه يبِتْ عندك، وتحدثي معه إلى النهار.

وكتب هذا التاريخ.. ثم إن الوزير أخرج حسنًا من الصندوق بعد أن فك القيد من رجليه، وخلع ما عليه من الثياب، وصار بلباس النوم، وهو رفيع من غير سروال.. كل هذا وهو نائم لا يعرف بذلك، ثم انتبه من نومه فوجد نفسه في دهليز نير؛ فقال في نفسه:

- هل أنا في أضغاث أحلام أم في اليقظة؟

ثم قام فمشى قليلًا إلى باب ثانٍ، ونظر فإذا هو في البيت الذي انجلت فيه العروس، ورأى المخدع والسرير، وعمامته، وحوائجه؛ فلما نظر ذلك بهت، وصار يقدم رِجلًا ويؤخر أخرى، وقال في نفسه:

- هل هذا في المنام أم في اليقظة؟

وأخذ يمسح جبينه، ويقول وهو متعجب:

- واللهِ إن هذا مكان العروس التي انجلت فيه عليَّ؛ فإني كنت في صندوق.

فبينما هو يخاطب نفسه إذا بست الحسن ترفع طرف الناموسية، وتقول له:

- يا سيدي، أما تدخل؛ فإنك قد أبطأتَ عليَّ في بيت الخلاء؟

فلمَّا سمع كلامها، ونظر إلى وجهها، ضحك وقال:

- إن هذه أضغاث أحلام.

ثم دخل، وتنهد، وتفكر فيما جرى له، وحارَ في أمره، وأشكلت عليه قضيته، ولمَّا رأى عمامته، وسرواله، والكيس الذي فيه الألف دينار؛ قال:

- الله أعلم أني في أضغاث أحلام..
وصار من فرط التعجب حائرًا، وعند ذلك قالت له ست الحسن:
- ما لي أراك متعجبًا حائرًا ما كنت في أول الليل؟
فضحك، وقال:
- عام لي غائب عنكِ؟
فقالت له:
- سلامتك، سمِّ الله حواليك أنت، إنما خرجت إلى الكنيف لتقضي حاجة وترجع؛ فأي شيء جرى في عقلك؟
فلما سمع حسن ذلك ضحك، وقال لها:
- صدقتِ، ولكنني لمَّا خرجت من عندك غلبني النوم في بيت الراحة؛ فحلمت بأني كنت طباخًا في دمشق، وأقمت بها عشر سنين، وكأنه جاءني صغير من أولاد الأكابر، ومعه خادم، وحصل من أمره كذا وكذا.
ثم إن حسنًا مسح بيده على جبينه؛ فرأى أثر الضرب عليه؛ فقال:
- واللهِ يا سيدتي، كأنه حق لأنه ضربني على جبيني فشبحه فكأنه في اليقظة.
ثم قال:
- لعل هذا قد حصل حين تعانقت أنا وأنت ونمنا؛ فرأيتُ في المنام كأني سافرت إلى دمشق بلا طربوش ولا عمامة ولا سروال وعملت طباخًا.
ثم سكت ساعة، وقال:
- واللهِ كأني رأيت أني طبخت حَب رمان وفلفله قليل، والله ما كأني إلا نمت في بيت الراحة؛ فرأيت هذا كله في المنام.
فقالت له ست الحسن:
- باللهِ عليك، أي شيء رأيته زيادة على ذلك؟
فحكى لها كل ما رآه، ثم قال:
- واللهِ لولا أني انتبهت لكانوا صلبوني على لعبة خشب.
فقالت له:
- على أي شيء؟
فقال:
- على قلة الفلفل في حَب الرمان، ورأيت كأنهم خربوا دكاني، وكسروا مواعيني، وحطوني في صندوق، وجاءوا بالنجار ليصنع لي لعبة من خشب؛ لأنهم أرادوا صَلبي عليها؛ فالحمد لله الذي جعل ذلك كله في المنام، ولم يجعله في اليقظة.
فضحكت ست الحسن، وتعانقا، ثم تذكر، وقال:

ـ واللهِ ما كأنه إلا في اليقظة، فأنا ما عرفت أي شيء الخبر ولا حقيقة الحال. ثم إنه نام، وهو متحير في أمره؛ فتارةً يقول رأيته في المنام، وتارةً يقول رأيته في اليقظة، ولم يزل كذلك حتى الصباح.

6

ثم دخل عليه عمه الوزير شمس الدين فسلم عليه فنظر له حسن، وقال:
- بالله عليك، أما أنت الذي أمرت بتكتيفي وتسمير دكاني من شأن حَب الرمان؛ لكونه قليل الفلفل.
وعند ذلك قال الوزير:
- اعلم يا ولدي أنه ظهر الحق، وبان ما كان مختفيًا، أنت ابن أخي، وما فعلت ذلك حتى تحققت أنك الذي دخلت على ابنتي تلك الليلة، وما تحققت ذلك حتى رأيتك عرفت البيت، وعرفت عمامتك، وسروالك، وذهبك، والورقتين التي كتبتهما بخطك، والتي كتبها والدك أخي؛ فإني ما رأيتك قبل ذلك، وما كنت أعرفك، أمَّا أمك فإني جئت بها معي من البصرة.
ثم رمى نفسه عليه وبكى؛ فلمَّا سمع حسن كلام عمه تعجب غاية العجب، وعانقه، وبكى من شدة الفرح، ثم قال له الوزير:
- يا ولدي، إن سبب ذلك كله ما جرى بيني وبين والدك.
وحكى له كل ما جرى بينه وبين أخيه، وأخبره بسبب سفر والده إلى البصرة، ثم إن الوزير أرسل إلى عجيبٍ، فلمَّا رآه والده قال لهذا الذي ضربني بالحجر، فقال الوزير:
- هذا ولدك.
وعند ذلك رمى نفسه عليه، وأنشد هذه الأبيات:

ولقد بكيت على تفرق شملنا — زمانًا وفاض الدمع من أجفاني
ونذرت أن أجمع المهيمن شملنا — ما عدت أذكر فرقة بلساني
هجم السرور عليَّ حتى إنه — من فرط ما قد سرني أبكاني

فلما فرغ من شعره، التفتت إليه والدته، وألقت روحها عليه، وأنشدت هذين البيتين:

الدهر أقسم لا يزال مكدري — حنثت يمينك يا زمان فكفر
لسعد وافي والحبيب مساعدي — فانهض إلى داعي السرور وشمر

ثم إن والدته حكت له كل ما وقع لها بعده، وحكى لها كل ما قاساه؛ فشكروا الله على جمع شملهم ببعضهم، ثم إن الوزير طلع إلى السلطان، وأخبره بما جرى له؛ فتعجب، وأمر بأن يؤرخ ذلك في السجلات؛ ليكون حكاية على مر الأوقات، فقال السلطان:
- واللهِ إن هذا الشيء عجاب.

ووهب الشابَّ سريةً من عنده، ورتب له ما يعيش به، وصار ممن يُنادمه.
النهاية